孟浩然詩集

（唐）孟浩然 撰

張　敏 選編

廣陵書社

中國·揚州

圖書在版編目（CIP）數據

孟浩然詩集 / (唐) 孟浩然撰 ; 張敏選編. — 揚州: 廣陵書社, 2016.10
（文華叢書）
ISBN 978-7-5554-0613-6

Ⅰ. ①孟… Ⅱ. ①孟… ②張… Ⅲ. ①唐詩—詩集 Ⅳ. ①I222.742

中國版本圖書館CIP數據核字(2016)第247030號

ISBN 978-7-5554-0613-6

孟浩然詩集

著　者　（唐）孟浩然撰
選　編　張　敏
責任編輯　孫葉鋒
出版人　曾學文
出版發行　廣陵書社
社　址　揚州市維揚路三四九號
郵　編　二二五〇〇九
電　話　（〇五一四）八五二二八〇八八　八五二二八〇八九
印　刷　揚州文津閣古籍印務有限公司
印　次　二〇一六年十一月第一版第一次印刷
標準書號　ISBN 978-7-5554-0613-6
定　價　壹佰壹拾捌圓整（全貳册）

http://www.yzglpub.com　E-mail:yzglss@163.com

文華叢書序

時代變遷，經典之風采不衰；文化演進，傳統之魅力更著。古人有登高懷遠之慨，今人有探幽訪勝之思。在印刷裝幀技術日新月異的今天，國粹綫裝書的踪迹愈來愈難尋覓，給傾慕傳統的讀書人帶來了不少惆悵和遺憾。我們編印《文華叢書》，實是爲喜好傳統文化的士子提供精神的享受和慰藉。

叢書立意是將傳統文化之精華萃于一編。以内容言，所選均爲經典名著，自諸子百家、詩詞散文以至蒙學讀物、明清小品，咸予收羅，經數年之積纍，已蔚然可觀。以形式言，則採用激光照排，文字大方，版式疏朗，宣紙精印，綫裝裝幀，讀來令人賞心悦目。同時，爲方便更多的讀者購買，復盡量降低成本、降低定價，好讓綫裝珍品更多地進入尋常百姓人家。

可以想象，讀者于忙碌勞頓之餘，安坐窗前，手捧一册古樸精巧的綫裝書，細細把玩，静静研讀，如沐春風，如品醇釀……此情此景，令人神往。

讀者對于綫裝書的珍愛使我們感受到傳統文化的魅力。近年來，叢書中的許多品種均一再重印。爲方便讀者閲讀收藏，特進行改版，將開本略作調整，擴大成書尺寸，以使版面更加疏朗美觀。相信《文華叢書》會贏得越來越多讀者的喜愛。

有《文華叢書》相伴，可享受高品位的生活。

廣陵書社編輯部

二〇一五年十一月

出版説明

孟浩然，唐襄州襄陽（今湖北襄樊一帶）人，生於武則天永昌元年（六八九），卒於唐玄宗開元二十八年（七四〇），終年五十二歲。

孟浩然的一生，經歷比較簡單。主要生活在開元盛世轉衰時期，盛年之後的生活，交織著積極用世和恬淡隱逸的矛盾。三十六七歲以前，主要在家鄉過著閉門讀書的隱居生活，長期居住在襄陽南郭莊園南園。『敝廬在郭外，素業唯田園。左右林業曠，不聞城市喧。』青壯年時期的閉門讀書，其主要目的，是想通過科舉考試走上仕進之路。從其交往可見：他常與一些禪師、上人、山人、逸人等談玄説道，詩酒遨遊，隱居的理想並未失落。人在江湖、心懷魏闕，卻因無人引薦、時運不濟，大概在開元十二、三年間，離鄉去洛，通過遊歷廣交朋友，博取聲譽，從而求得政治上的出路。洛陽爲當時比肩長安的政治經濟中心，這樣的遊歷也是當時大多數文人在登上政治舞臺前常走的路。洛陽停留一年未果，旋即返回襄陽。次年，南下湖湘。十五年去揚州，停留七八個月。開元十六年，入京師應試，不第，在懷疑和波動中度過這一年。這一時期詩中雖然一再表達曠達，但在內心深處還是不平靜的。之後的四年，入越遊覽，想要從山水之娱中得到心靈上的慰藉，終究無法擺脱現實的苦悶心境。自越返回故鄉的第二年，又開始入蜀之行，心情獲得了平靜。正是在出仕和歸隱反反復復地交織中，開元二十五年，恰逢其好友張九齡被貶官荆州，孟浩然被邀入幕，歡快而自豪的情緒常自當時詩作中流露出來。後一年，因養疾又返回故里閑居。直到開元二十八年，猝然長逝。

孟浩然與同時期的王維（七〇一—七六一，一説六九九—七六一）并稱『王孟』，爲盛唐山水田園詩派代表人物。孟詩辭彙中大量引用了謝靈運、陶淵明的詩作。在描寫田園生活和語言風格、表現技巧方面，難以脱離陶淵明的影響。其山水田園之詩，較之陶淵明，因缺少真實的田園勞作生活和長期的隱居山林經歷，常常是在對現實追求的疲憊期選擇暫時隱遁，因此少了那份『有我』的真摯自然和深刻體悟，以及由此發衍的對於人生天地間更廣闊的思考，內容相對逼仄，始終是一個矛盾的知識份子內心寫照。即使表達想要建立豐功偉業的理想，也常常朦朧出之。較之謝靈運，又少了其『富豔』『精工』，而多了自然簡淨的清幽之美，少了纖敏，而多了渾融，這從他最擅長的五絶、五古中可見一斑。蘇軾評『孟浩然之詩，韻高而才短，如造內法酒手而無材料爾』。其詩之味，在妙悟，澹至『色相俱空，正如羚羊掛角，無跡可求』，清空雅澹、風致超然，清代注重妙悟的『神韻』一派給其以較高評價。這大概與其思想中的禪學是相關的，在現實的生活中，更多的是平靜恬淡，少見奔放浩瀚的氣勢。與其人生經歷上的平淡相似，孟浩然與王維詩歌相似之處，多在寂靜意境的營造上，卻少了王維工麗、穩重的士大夫氣。然而，這對後來歷代和孟浩然一樣有著類似處境的士人子弟，何嘗不是更親近的慰藉呢？

孟浩然詩最早刻本見於唐天寶年間，由王士源搜集整理，此本今已亡佚。宋代刻本較多，今能見者僅有宋蜀刻本。宋蜀刻本分上中下三卷，收詩二百一十首，分爲遊歷、旅行、送别、宴樂、懷思、田園等七類，體例、次序、內容上最近唐本。明代版本較多，刊本之外又有銅活字本和汲古閣本。今所見《四部叢刊》《四部備要》本皆以明刊本爲底本，因此也是最

通行的版本。明銅活字本增加了近五十首，汲古閣本連《拾遺》在內，又有所增加，收録宋、元、明三代的校勘記，尤有價值。

我社擇通行的明刊本爲底本，參考他本校刊成果，加以簡單的注釋，以便讀者理解欣賞。選擇歷代彙評，以精當典雅爲準。此外，散見於史書、類書中孟浩然詩作、散句，近人有輯佚之功在前，予以保留。唐人王士源序、孟浩然傳、諸傳本提要也一併作爲附録。全書收詩計二百六十餘首，附《唐詩畫譜》書影一篇。事工細微，尚未盡善盡美，祈望閲者不吝指正。

編者

二〇一六年七月

選自《唐詩畫譜·五言畫譜》

孟浩然詩集

春曉

孟浩然

春眠不覺曉處〻聞啼
鳥夜来風雨聲花落
知多少

厚林張一選

張一選

選自《唐詩畫譜·五言畫譜》

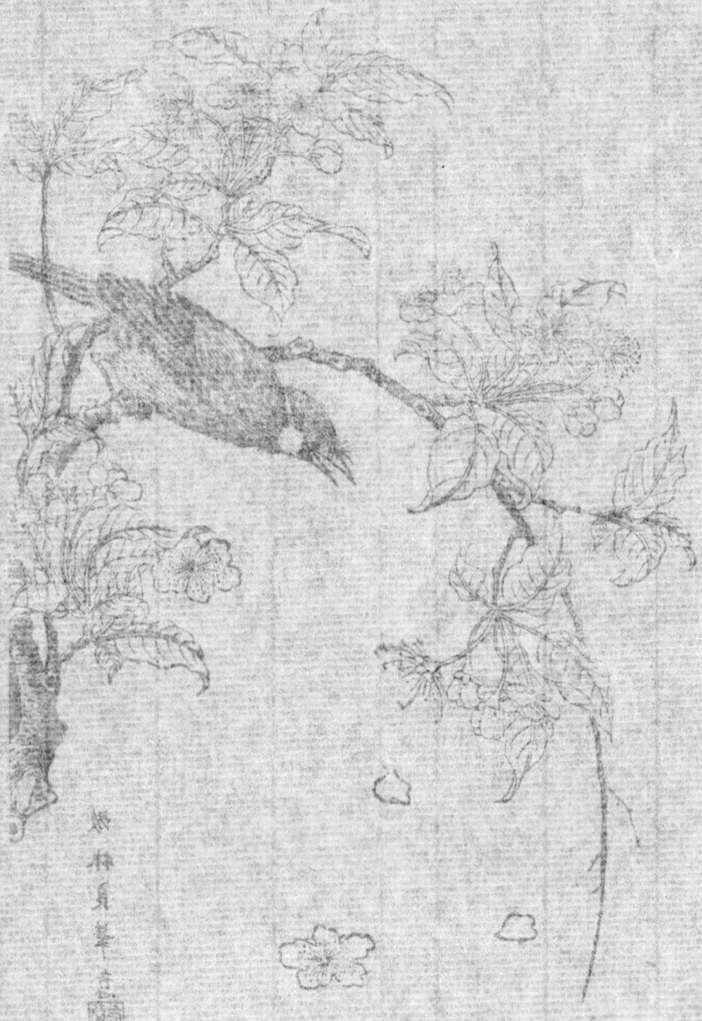

目録

文華叢書序……一
出版説明……一
孟浩然詩集序……一
五言古詩……一
尋香山湛上人……一
雲門寺西六七里聞符公蘭若最幽與薛八同往……一
宿天台桐柏觀……一
宿終南翠微寺……二
春初漢中漾舟……二
宿業師山房期丁大不至……二
耶溪泛舟……三
彭蠡湖中望廬山……三
登鹿門山懷古……四
題明禪師西山蘭若……四
聽鄭五愔彈琴……五
疾愈過龍泉寺精舍呈易業二上人……五
湘中旅泊寄閻九司户防……五
大堤行寄萬七……六
還山贈湛禪師……六
秋登萬山寄張五……七
登江中孤嶼贈白雲先生王迥……七
晚春卧疾寄張八子容……七
書懷貽京邑故人……八
遊雲門寺寄越府包户曹徐起居……八
示孟郊……九
山中逢道士雲公……九
歲暮海上作……九
越中逢天台太一子……一〇
自潯陽泛舟經明海……一〇
早發漁浦潭……一一
經七里灘……一一
南陽北阻雪……一二
將適天台留別臨安李主簿……一二
適越留別譙縣張主簿申屠少府……一三
送從弟邕下第後尋會稽……一三
送辛大不及……一三
江上別流人……一三
洗然弟竹亭……一四

目錄

夜登孔伯昭南樓時沈太清朱昇在座……一四
宴包二融宅……一四
峴潭作……一五
齒坐呈山南諸隱……一五
與王昌齡宴王十一……一五
襄陽公宅飲……一六
同張明府清鏡歎……一六
夏日南亭懷辛大……一七
秋宵月下有懷……一七
仲夏歸南園寄京邑舊遊……一七
家園卧疾畢太祝曜見尋……一八
田家元日……一八
晚泊潯陽望香爐峰……一九
萬山潭……一九
入峽寄弟……二〇
宿楊子津寄潤州長山劉隱士……二〇
送丁大鳳進士赴舉呈張九齡……二一
送吳悅遊韶陽……二一
送陳七赴西軍……二一
田園作……二二
從張丞相遊紀南城獵戲贈裴迪張參軍……二二
登望楚山最高頂……二二
採樵作……二三
早梅……二三
澗南園即事貽皎上人……二三
白雲先生迥見尋……二四
與黃侍御北津泛舟……二四
題長安主人壁……二四
庭橘……二五
七言古詩……二五
夜歸鹿門歌……二五
和盧明府送鄭十三還京兼寄之什……二六
送王七尉松滋得陽臺雲……二六
鸚鵡洲送王九遊江左……二六
高陽池送朱二……二七
五言排律……二八
西山尋辛諤……二八
冬至後過吳張二子檀溪別業……二八

孟浩然詩集　目錄

陪張丞相自松滋江東泊渚宮……二九
陪盧明府泛舟迴峴山作……三〇
陪張丞相祠紫蓋山途經玉泉寺……三〇
臘月八日於剡縣石城寺禮拜……三一
同獨孤使君東齋作……三一
峴山送朱大去非遊巴東……三一
宴張記室宅……三一
登龍興寺閣……三二
登總持寺浮屠……三二
與崔二十一遊鏡湖寄包賀二公……三二
本闍黎新亭作……三三
長安早春……三三
秦中苦雨思歸贈袁左丞賀侍郎……三三
陪張丞相登荆州城樓因寄蘇州張使君及浪泊戍主劉家……三四
荆門上張丞相……三四
和宋大使北樓新亭……三五
夜泊宣城界……三五
奉先張明府休沐還鄉海亭宴集探得堦字……三六
同張明府碧溪贈答……三六
贈蕭少府……三六
同王九題就師山房……三六
上張吏部……三七
和于判官登萬山亭因贈洪府都督韓公……三七
下灨石……三七
行出東山望漢川……三八
久滯越中贈謝南池會稽賀少府……三八
送韓使君除洪府都督……三九
盧明府九日峴山宴袁使君張郎中崔員外……三九
宴崔明府宅夜觀妓……四〇
韓大使東齋會岳上人諸學士……四〇
初年樂城館中卧疾懷歸……四〇
上巳日澗南園期王山人陳

七諸公不至……四一
送莫氏甥兼諸昆弟從韓司
馬入西軍……四一
峴山送蕭員外之荆州……四一
送王昌齡之嶺南……四二
五言律詩……四三
與諸子登峴山……四三
臨洞庭……四三
晚春……四四
歲暮歸南山……四四
梅道士水亭……四五
閑園懷蘇子……四五
留別王維……四六
武陵泛舟……四六
同曹三御史行泛湖歸越……四六
遊景空寺蘭若……四七
陪張丞相登嵩陽樓……四七
與顔錢塘登樟亭望潮作……四七
題大禹寺義公禪房……四七
尋白鶴岩張子容隱居……四八
九日得新字……四八
除夜樂城張少府宅……四八
舟中晚望……四九
遊精思觀迴王白雲在後……四九
與杭州薛司户登樟亭驛……四九
尋天台山作……五〇
宿立公房……五〇
尋陳逸人故居……五一
姚開府山池……五一
夏日浮舟過陳逸人別業……五一
夏日辨玉法師茅齋……五一
與張折衝遊耆闍寺……五二
與白明府遊江……五二
遊精思題觀主山房……五二
尋梅道士張逸人……五二
陪姚使君題惠上人房……五三
晚春題遠上人南亭……五三
人日登南陽驛門亭子懷漢
川諸友……五三
遊鳳林寺西嶺……五三
陪獨孤使君同與蕭員外證
登萬山亭……五四
贈道士參寥……五四
京還贈張維……五四

題李十四莊兼贈綦毋校書……五五
寄趙正字……五五
秋登張明府海亭……五五
題融公蘭若……五六
九日龍沙作寄劉大眘虛……五六
洞庭湖寄閻九……五六
秋日陪李侍御渡松滋江……五八
秦中感秋寄遠上人……五七
重酬李少府見贈……五七
宿永嘉江寄山陰崔少府國輔……五七

上巳日洛中寄王九迥……五七
聞裴侍御朏自襄州司戶除豫州司戶因以投寄……五八
江上寄山陰崔少府國輔……五八
送洗然弟進士舉……五八
夜泊廬江聞故人在東林寺以詩寄之……五九
宿桐廬江寄廣陵舊遊……五九
南還舟中寄袁太祝……五九
東陂遇雨率爾貽謝南池……六〇
行至汝墳寄盧徵君……六〇

寄天台道士……六〇
和張明府登鹿門山……六一
和張二自穰縣還途中遇雪……六一
歲除夜會樂城張少府宅……六一
自洛之越……六一
歸至郢中作……六一
途中遇晴……六二
久滯越閑館……六二
他鄉七夕……六二
夜泊牛渚趁薛八船不及……六二
[illegible]入南山……六三

夜渡湘水……六四
赴命途中遇雪……六四
宿武陵即事……六四
同盧明府餞張郎中除義王府司馬海園作……六五
落日望鄉……六五
永嘉上浦館逢張八子容……六五
送張子容赴舉……六六
送張參明經舉兼向涇州覲省……六六
溯江至武昌……六七

唐城館中早發寄楊使君……六七
陪李侍御謁聰禪上人……六七
和張丞相春朝對雪……六七
五言律詩……六八
送王宣從軍……六八
送張祥之房陵……六八
送桓子之郢成禮……六九
早春潤州送弟還鄉……六九
送告八從軍……六九
送元公之鄂渚尋觀主張驂鸞……七〇
峴山餞房琯崔宗之……七〇
送王五昆季省覲……七〇
送崔遏……七〇
送盧少府使入秦……七一
送謝録事之越……七一
洛下送奚三還揚州……七一
送袁十嶺南尋弟……七二
永嘉別張子容……七二
送袁太祝尉豫章……七二
都下送辛大之鄂……七二
送席大……七三
送賈昇主簿之荊府……七三
送王大校書……七三
浙江西上留別裴劉二少府……七三
京還留別新豐諸友……七四
廣陵別薛八……七四
臨渙裴明府席遇張十一房六……七四
盧明府早秋宴張郎中海園即事得秋字……七五
同盧明府早秋夜宴張郎中海亭……七五
崔明府宅夜觀妓……七五
宴榮山人池亭……七五
夏日與崔二十一同集衛明府席……七六
清明日宴梅道士房……七六
寒食宴張明府宅……七六
和賈主簿弁九日登峴山……七六
宴張別駕新齋……七七
李氏園卧疾……七七
過故人莊……七七
途中九日懷襄陽……七八

初出關旅亭夜坐懷王大校書……七八
李少府與王九再來……七八
尋張五回夜園作……七九
張七及辛大見尋南亭醉作……七九
題張野人園廬……七九
過景空寺故融公蘭若……七九
早寒江上有懷……八〇
南山下與老圃期種瓜……八〇
裴司士員司户見尋……八〇
除夜……八一
傷峴山雲表觀主……八一
賦得盈盈樓上女……八一
春怨……八二
閨情……八二
寒夜……八二
美人分香……八二
七言律詩……八三
登安陽城樓……八三
除夜有懷……八四
登萬歲樓……八四
春情……八五
五言絶句……八六
宿建德江……八六
春曉……八六
送朱大入秦……八七
送友人之京……八七
初下浙江舟中口號……八七
醉後贈馬四……八七
檀溪尋故人……八八
同張將薊門看燈……八八
登峴山亭寄晉陵張少府……八八
贈王九……八八
同儲十二洛陽道中作……八九
尋菊花潭主人不遇……八九
張郎中梅園作……八九
問舟子……八九
揚子津望京口……八九
北澗浮舟……九〇
洛中訪袁拾遺不遇……九〇
送張郎中遷京……九〇
戲贈主人……九〇
七言絶句……九一
過融上人蘭若……九一

涼州詞二首……九一
越中送張少府歸秦中……九二
濟江問舟人……九二
送杜十四之江南……九二
輯補……九四
詠青……九四
初秋……九四
長樂宮……九四
渡揚子江……九四
清明即事……九五
尋裴處士……九五
句……九五
附録……九六
新唐書·孟浩然傳……九六
四庫全書孟浩然集四卷（江蘇蔣曾瑩家藏本）提要……九七
孟浩然詩一卷提要……九七

孟浩然詩集序

孟浩然字浩然，襄陽人也。骨貌淑清，風神散朗。救患釋紛，以立義表；灌蔬藝竹，以全高尚。交游之中，通脱傾蓋，機警無匿。學不爲儒，務掇菁藻。文不按古，匠心獨妙。五言詩天下稱其盡美矣。間遊秘省，秋月新霽，諸英華賦詩作會，浩然句曰：『微雲淡河漢，疎雨滴梧桐。』舉坐嗟其清絶，咸閣筆不復爲繼。丞相範陽張九齡、侍御史京兆王維、尚書侍郎河東裴朏、範陽盧僎、大理評事河東裴總、華陰太守鄭倩之、守河南獨孤策，率與浩然爲忘形之交。

山南採訪使本郡守昌黎韓朝宗，謂浩然間代清律，寘諸周行，必詠穆如之頌。因入秦，與偕行，先揚于朝。與期，約日引謁。及期，浩然會寮友，文酒講好甚適。或曰：『子與韓公預約而怠之，無乃不可乎？』浩然叱曰：『僕已飲矣，身行樂耳，遑恤其他！』遂畢席不赴，由是間罷。既而浩然亦不之悔也。其好樂忘名如此。士源他時嘗筆讃之曰：『導漾挺靈，寔生楚英。浩然清發，亦其自名。』

開元二十八年，王昌齡遊襄陽，時浩然疾疹發背且愈，相得歡甚，浪情宴謔，食鮮疾動，終於冶城南園，年五十有二。子曰儀甫。

浩然文不爲仕，佇興而作，故或遲；行不爲飾，動以求真，故似誕；遊不爲利，期以放性，故常貧。名不繼於選部，聚不盈於擔石，雖屢空不給而自若也。

士源幼好名山，行年十八，首事陵山，踐止恒嶽，咨術通玄上人。又過蘇門，問道隱者元知運。太行採藥，經王屋小有洞，行太白習隱訣，終

南修《亢倉子》九篇。天寶四載徂夏，詔書徵謁京邑，與家臣八座討論，山林之士麕至，始知浩然物故。嗟哉！未禄於代，史不必書，安可哲蹤妙韻，從此而絶！故詳問文者，隨述所論，美行嘉聞，十不紀一。

浩然凡所屬綴，就輒毁棄，無復編録，常自歎爲文不逮意也。流落既多，篇章散逸，鄉里購採，不有其半，敷求四方，往往而獲。既無他士爲之傳次，遂使海内衣冠搢紳，經襄陽思覩其文，蓋有不備見而去，惜哉！

今集其詩二百一十八首，分爲四卷，詩或缺逸未成，而製思清美，及他人酬贈，咸録次而不棄耳。王士源序。

五言古詩

尋香山湛上人

朝遊訪名山，山遠在空翠。氛氳亘百里，日入行始至。谷口聞鐘聲，林端識香氣。杖策尋故人，解鞍暫停騎。石門殊壑險，篁徑轉森邃。法侶欣相逢，清談曉不寐。平生慕真隱，累日探靈異。野老早入田，山僧暮歸寺。松泉多清響，苔壁饒古意。願言投此山，身世兩相棄。

雲門寺西六七里聞符公蘭若①最幽與薛八同往

謂余獨迷方，逢子亦在野。結交指松柏，問法尋蘭若。小溪劣容舟，怪石屢驚馬。所居最幽絕，所住皆靜者。密篠夾路傍，清泉流舍下。上人亦何閑，塵念俱已捨。四禪②合真如③，一切是虛假。願承甘露潤，喜得惠風灑。依止此山門，誰能效丘也。

簡注：

①蘭若：梵語，僧人居住的地方叫阿蘭若，簡稱蘭若。

②四禪：佛家參禪入定的四重境界。

③真如：佛教術語，真謂真實，如謂如常。

宿天台桐柏觀

海行信風帆，夕宿逗雲島。緬尋滄洲趣，近愛赤城好。捫蘿亦踐苔，輟棹恣探討。息陰憩桐柏，採秀尋芝草。鶴唳清露垂，雞鳴信潮早。願言

解纓絡，從此去煩惱。高步陵四明，玄蹤得二老①。紛吾遠遊意，學此長生道。日夕望三山②，雲濤空浩浩。

簡注：

①二老：老子和老萊子，均爲春秋時期道家人物。

②三山：傳說中的海上三神山，曰方壺、蓬壺、瀛壺，即方丈、蓬萊、瀛洲。

宿終南翠微寺

翠微終南裏，雨後宜返照。閉關久沉冥，杖策一登眺。遂造幽人室，始知靜者妙。儒道雖異門，雲林頗同調。兩心喜相得，畢景共談笑。暝還高窗眠，時見遠山燒。緬懷赤城標，更憶臨海嶠。風泉有清音，何必蘇門嘯。

選評：

《王孟詩評》：劉云：不必刻深，懷抱如洗。『閉關』四句，高懷靜致，非實際人不可得。

春初漢中漾舟

羊公峴山下，神女漢皋曲。雪罷冰復開，春潭千丈緑。輕舟恣來往，探玩無厭足。波影摇妓釵，沙光逐人目。傾杯魚鳥醉，聯句鶯花續。良會難再逢，日入須秉燭。

宿業師山房期丁大不至

夕陽度西嶺，群壑倏已暝。松月生夜涼，風泉滿清聽。樵人歸欲盡，

煙鳥棲初定。之子期未來，孤琴候蘿逕[1]。

簡注：

①逕：同『徑』，小道。

選評：

《唐詩別裁》：山水清音，悠然自遠。末二句見『不至』意。

《唐賢清雅集》：清秀徹骨，是襄陽獨得處。

耶溪[1]泛舟

落景餘清暉，輕橈弄溪渚。泓澄愛水物，臨泛何容與。白首垂釣翁，新妝浣沙女。相看未相識，脉脉不得語。

簡注：

①耶溪：即若耶溪。在浙江紹興。相傳西施於此浣紗。

選評：

《王孟詩評》：清溪麗景，閑遠餘情，不欲犯一字綺語自足。

《唐賢三昧集箋注》：神似樂府。

彭蠡湖中望廬山

太虛[1]生月暈，舟中知天風。掛席候明發，渺漫平湖中。中流見匡阜，勢壓九江雄。黯黮[2]凝黛色，崢嶸當曙空。香爐初上日，瀑水噴成虹。久欲追尚子，況茲懷遠公。我來限於役，未暇息微躬。淮海途將半，星霜歲欲窮。寄言巖棲者，畢趣當來同。

簡注：

①太虛：古人称天为太虛。

②黯黮：同『黯淡』。

選評：

《唐宋詩舉要》：興象華妙。

登鹿門山懷古

清曉因興來，乘流越江峴。沙禽近方識，浦樹遥莫辨。漸到鹿門山，山明翠微淺。岩潭多屈曲，舟楫屢回轉。昔聞龐德公①，採藥遂不返。金澗養芝朮，石床卧苔蘚。紛吾感耆舊②，結攬事攀踐。隱跡今尚存，高風邈已遠。白雲何時去，丹桂空偃蹇。探討意未窮，回艫夕陽晚。

簡注：

①龐德公：东汉末年隐士，曾隐居鹿门山。

②耆舊：年高望重之人，此指龐德公。

選評：

《唐詩品彙》：僧皎然云：靜也（『丹桂』句下）。

題明禪師西山蘭若

西山多奇狀，秀出傍前楹。一云西山饒石林，磋翠疑削成。停午收彩翠，夕陽照分明。吾師住其下，禪坐説無生。結廬就嵌窟①，翦竹通徑行。談空對樵叟，授法與山精。日暮方辭去，田園歸冶城。

簡注：

①嵌窟：凹進之洞穴，深洞。

聽鄭五愔彈琴

阮籍推名飲，清風坐竹林。半酣下衫袖，拂拭龍唇琴①。一杯彈一曲，不覺夕陽沉。余意在山水，聞之諧夙心。

簡注：

①龍唇琴：龍唇爲琴身一個部位，古人常以之代指琴。

選評：

《唐詩歸》：鍾云：唐人琴詩每深妙，此詩妙處似又不在深，難言難言！

《歷代詩發》：衹説聽琴，而讚歎彈琴衹于結意略見，便省無限氣力。

疾愈過龍泉寺精舍呈易業二上人

停午聞山鐘，起行散愁疾。尋林採芝去，轉谷松蘿密。傍見精舍開，長廊飯僧畢。石渠流雪水，金子耀霜橘。竹房思舊遊，過憩終永日。入洞窺石髓①，傍崖採蜂蜜。日暮辭遠公，虎溪相送出。

簡注：

①石髓：即鐘乳石。

湘中旅泊寄閻九司户防

桂水通百越，扁舟期曉發。荆雲蔽三巴①，夕望不見家。襄王夢行雨，才子謫長沙。長沙饒瘴癘，胡爲苦留滯？久別思款顏，承歡懷接袂。接袂

杳無由，徒增旅泊愁。清猿不可聽，沿月下湘流。

簡注：

①三巴：指巴郡、巴東、巴西三地。

選評：

《唐賢清雅集》：宛轉如轆轤，妙無痕跡。末四句回合宕往，多少法力！雋味在筆墨之外，隻令讀者心神恍恍，其成連海上琴手！

大堤行寄萬七

大堤行樂處，車馬相馳突。歲歲春草生，踏青二三月。王孫挾珠彈，遊女矜羅襪。攜手今莫同，江花爲誰發。

還山贈湛禪師

幼聞無生理，常欲觀此身。心跡罕兼遂，崎嶇多在塵。晚途歸舊壑，偶與支公①鄰。喜得林下契，共推席上珍。念兹泛苦海，方便示迷津。導以微妙法，結爲清淨因。煩惱業頓捨，山林情轉殷。朝來問疑義，夕話得清真。墨妙稱古絕，詞華驚世人。禪房閉虛靜，花藥連冬春。平石藉琴硯，落泉灑衣巾。欲知明滅意，朝夕海鷗馴②。

簡注：

①支公：晉代高僧支遁，善清談，有高德，後人常以支公代指高僧。

②海鷗馴：典出《列子·黃帝》。此謂擺脱俗念。

秋登萬山寄張五

北山白雲裏，隱者自怡悅。相望試登高，心隨雁飛滅。愁因薄暮起，興是清秋發。時見歸村人，平沙渡頭歇。天邊樹若薺，江畔洲如月。何當載酒來，共醉重陽節。

選評：

《唐賢清雅集》：超曠中獨饒勁健，神味與右丞稍異，高妙則一也。結出主意，通首方着實。

登江中孤嶼贈白雲先生王迥

悠悠清江水，水落沙嶼出。回潭石下深，緑篠①岸傍密。鮫人潛不見，漁父歌自逸。憶與君別時，泛舟如昨日。夕陽開晚照，中坐興非一。南望鹿門山，歸來恨相失②。

簡注：

①緑篠：篠音小。翠緑的叢生小竹子。

②相失：不能見到友人，心中若有所失。

選評：

《唐詩歸》：鍾云：見山水思故人，自是人情，然亦非俗情，又泛泛不得。

晚春卧疾寄張八子容

南陌春將晚，北窗猶卧病。林園久不遊，草木一何盛。狹徑花將盡，閑庭竹掃淨。翠羽戲蘭苕，頳鱗①動荷柄。念我平生好，江鄉遠從政。雲

山阻夢思，衾枕勞感詠。感詠復何爲，同心恨別離。世途皆自媚，流俗寡相知。賈誼才空逸，安仁鬢欲絲。遥情每東注，奔晷復西馳。常恐填溝壑，無由振羽儀。窮通若有命，欲向論中推。

簡注：

①赬鱗：赬音撑，紅色。鯉魚紅色，故常以赬代指鯉魚。

書懷貽京邑故人

惟先自鄒魯，家世重儒風。詩禮襲遺訓，趨庭①紹末躬。晝夜常自强，詞賦頗亦工。三十既成立，嗟吁命不通。慈親向羸老，喜懼在深衷。甘脆②朝不足，簞瓢夕屢空。執鞭慕夫子，捧檄③懷毛公④。感激遂彈冠，安能守固窮。當塗訴知己，投刺匪求蒙。秦楚邈離異，翻飛何日同。

簡注：

①趨庭：《論語》有『鯉趨而過庭』之語，指代禮節。

②甘脆：味美之食物。

③捧檄：拿著徵召的文書。與『執鞭』合義相對，都代指仕進。

④毛公：《後漢書》載有毛義者，爲母求仕。

遊雲門寺寄越府包户曹徐起居

我行適諸越，夢寐懷所歡。久負獨往願，今來恣遊盤。台嶺踐磴石，耶溪泝林湍。捨舟入香界，登閣憩旃檀。晴山秦望近，春水鏡湖寬。遠行佇應接，卑位徒勞安。白雲日夕滯，滄海去來觀。故國眇天末，良朋在朝端。遲爾同攜手，何時方掛冠。

示孟郊

蔓草蔽極野，蘭芝結孤根。衆音何其繁，伯牙獨不喧。當時高深意，舉世無能分。鍾期一見知①，山水千秋聞。爾其保靜節，薄俗徒云云。

簡注：

①鍾期一見知：全詩借俞伯牙、鍾子期斷琴知音的典故，以喻相交之深。

山中逢道士雲公

春餘草木繁，耕種滿田園。酌酒聊自勸，農夫安與言。忽聞荆山子，時出桃花源。採樵過北谷，賣藥來西村。村煙日云夕，榛路①有歸客。杖策前相逢，依然是疇昔。邂逅歡覯止，殷勤敘離隔。謂余搏扶桑②，輕舉

振六翮。奈何偶昌運，獨見遺草澤。既笑接輿狂③，仍憐孔丘厄。物情趨勢利，吾道貴閑寂。偃息西山下，門庭罕人跡。何時還清溪，從爾煉丹液。

簡注：

①榛路：灌木叢生的小路。

②搏扶桑：朝著日棲之處奮飛。扶桑，傳說中日出日落的地方。以鳥自寓。

③接輿狂：《高士傳》：『陸通，字接輿，楚人也。楚昭王時，通見楚政無常，乃佯狂不仕，故時人謂之楚狂。』

歲暮海上作

仲尼既已没，余亦浮於海。昏見斗柄回，方知歲星①改。虛舟任所適，垂釣非有待。爲問乘槎人，滄洲復何在。

簡注：

①歲星：木星。運行一周爲一紀，即十二年。

選評：

《唐賢三昧集箋注》：一筆揮成，氣格邁往。余年友張南山不喜王、孟家數，大約嫌其孤淡，千篇一律，其實王、孟非無氣概，抑且無體不有也。

越中逢天台太一子①

仙穴逢羽人，停艫向前拜。問余涉風水，何事遠行邁。登陸尋天台，順流下吴會。兹山夙所尚，安得聞靈怪。上逼青天高，俯臨滄海大。雞鳴見日出，每與仙人會。來去赤城中，逍遥白雲外。莓苔異人間，瀑布作空界。福庭②長不死，華頂③舊稱最。永願從此遊，何當濟所届。

簡注：

①太一子：傳説中的楚國神仙，即太一，東皇太一。

②福庭：神仙或有道之人所居之處。

③華頂：即天台山最高處。

自潯陽泛舟經明海

大江分九派，淼漫成水鄉。舟子乘利涉，往來逗潯陽。因之泛五湖，流浪經三湘。觀濤壯枚發①，吊屈痛沉湘。魏闕心常在，金門②詔不忘。遥憐上林雁，冰泮已回翔。

簡注：

①枚發：指漢代枚乘所作《七發》，其中寫廣陵觀濤之壯觀。

②金門：漢代有金馬門。與魏闕合義，代指仕進之機。

早發漁浦潭

東旭早光茫，渚禽已驚聒。臥聞漁浦口，橈聲暗相撥。日出氣象分，始知江路闊。美人常晏起，照影弄流沫。飲水畏驚猿，祭魚時見獺①。舟行自無悶，況值晴景豁。

簡注：

①獺：俗稱水獺，狀如小狗，喜捕魚陳列于岸邊，即『祭魚』。

選評：

《養一齋詩話》：精力渾健，俯視一切，正不可徒以清言目之。則謂襄陽詩都屬悟到，不關學力，亦微訣耳。

經七里灘

余奉垂堂誡，千金非所輕。爲多山水樂，頻作泛舟行。五岳追尚子①，三湘吊屈平。湖經洞庭闊，江入新安清。復聞嚴陵瀨，乃在此川路。疊嶂數百里，沿洄非一趣。彩翠相氛氳，別流亂奔注。釣磯平可坐，苔磴滑難步。猿飲石下潭，鳥還日邊樹。觀奇恨來晚，倚棹惜將暮。揮手弄潺湲，從茲洗塵慮。

簡注：

①尚子：《後漢書·逸民傳》記載，高士尚長字子平，性中和，好《老》《易》，與同好遍游五嶽名山，不知所終。

南陽北阻雪

我行滯宛許①，日夕望京豫②。曠野莽茫茫，鄉山在何處。孤煙村際起，歸雁天邊去。積雪覆平皋，飢鷹捉寒兔。少年弄文墨，屬意在章句。十上③恥還家，徘徊守歸路。

簡注：

①宛許：宛，宛州，即南陽。許，許州，在南陽北。

②京豫：東漢光武時以南陽爲南都，地屬豫州，故名。

③十上：多次上書。十，極言多。

選評：

《王孟詩評》：象此時景，曲折淒楚。

將適天台留別臨安李主簿

枳棘君尚棲，匏瓜吾豈繫①？念離當夏首，漂泊指炎裔②。江海非惰遊，田園失歸計。定山既早發，漁浦亦宵濟。泛泛隨波瀾，行行任艫枻。故林日已遠，郡木坐成翳。羽人在丹丘，吾亦從此逝。

簡注：

①枳棘多刺，比喻處境艱難；匏瓜，典出《論語·陽貨》『吾豈匏瓜也哉，焉能繫而不食？』以匏瓜自寓求仕心切。

②炎裔：泛指南方邊遠地區，因南方炎帝爲農業奠基人，生存繁衍自其始盛。

適越留別譙縣張主簿申屠少府

朝乘汴河流，夕次譙縣界。幸因西風吹，得與故人會。君學梅福隱，余隨伯鸞邁①。別後能相思，浮雲在吳會。

簡注：

①梅福，漢代隱士；伯鸞即後漢梁鴻，有『舉案齊眉』的故事，與其妻同隱霸陵山中，以耕織爲業。

送從弟邕下第後尋會稽

疾風吹征帆，倏爾向空沒。千里去俄頃，三江坐超忽。向來共歡娛，日夕成楚越。落羽更分飛，誰能不驚骨。

選評：

《唐詩選脉會通評林》：周珽曰：讀孟詩，逸調如聞蘇門清嘯，苦調似聽燕市悲筑。如此詩以哀感勝者，蓋浩然累試不第，窮困道途。若《南歸阻雪》《苦雨思歸》《寄京邑耆舊》等篇，俱慨嘆悲調，讀之所謂『酸風苦雨一時來，正使英雄泪成碧』。

送辛大不及

送君不相見，日暮獨愁緒。江上久徘徊，天邊迷處所。郡邑經樊鄧，雲山入嵩汝。蒲輪去漸遥，石徑徒延佇。

江上別流人

以我越鄉客，逢君謫居者。分飛黃鶴樓，流客蒼梧野。驛使乘雲去，

征帆沿溜下。不知從此分，還袂何時把。

洗然弟竹亭

吾與二三子，平生結交深。俱懷鴻鵠志，共有鶺鴒心①。逸氣假毫翰，清風在竹林。遠是酒中趣，琴上偶然音。

簡注：

①鶺鴒心：鶺鴒，亦作『脊令』，一種水鳥，飛則鳴，求其類。比喻兄弟。

夜登孔伯昭南樓時沈太清朱昇在座

誰家無風月，此地有琴樽。山水會稽郡，詩書孔氏門。再來值秋杪，高閣夜無喧。華燭罷燃蠟，清弦方奏鵾①。沈生隱侯胤，朱子買臣孫②。

好我意不淺，登茲共話言。

簡注：

①鵾：琴曲名，即《鵾雞》。

②隱侯，齊梁沈約謚隱，言沈生爲沈約之後；西漢朱買臣常自負薪讀書，朱子買臣孫，言朱昇爲其後人。

宴包二融宅

閑居枕清洛，左右接大野。門庭無雜賓，車轍多長者。是時方正夏，風物自蕭灑。五月休沐歸，相攜竹林下。開襟成歡趣，對酒不能罷。煙暝棲鳥迷，余將歸白社。①

簡注：

①白社：洛陽建春門外有白社。後世多借指隱士居所。

峴潭作

石潭傍隈隩①，沙岸曉夤緣②。試垂竹竿釣，果得查頭鯿。美人騁金錯，纖手鱠紅鮮。因謝陸內史，蓴羹何足傳。

簡注：

①隈隩：音危域，謂山坳水岸深曲之處。

②夤緣：攀附、纏繞。

選評：

《唐賢三昧集箋注》：六朝人語。

《此木軒論詩彙編》：別無深意，而有深味。

齒坐呈山南諸隱

習公①有遺座，高在白雲陲。樵子見不識，山僧賞自知。以余爲好事，攜手一來窺。竹露閑夜滴，松風清晝吹。從來抱微尚，況復感前規。於此無奇策，蒼生奚以爲？

簡注：

①習公：東漢習郁，曾隱居峴山下。

與王昌齡宴王十一

歸來卧青山，常夢遊清都。漆園有傲吏①，惠我在招呼。書幌神仙籙，畫屏山海圖。酌霞復對此，宛似入蓬壺。

簡注：

①漆園傲吏，指莊周。此處借指王道士。

襄陽公宅飲

窈窕夕陽佳，豐茸春色好。欲覓淹留處，無過狹斜道。綺席卷龍鬚，香杯浮馬腦。北林積修樹，南池生別島。手撥金翠花，心迷玉紅草。談天光六義①，發論明三倒②。座非陳子驚，門還魏公掃③。榮辱應無間，歡娛當共保。

簡注：

①六義：《詩經》風、雅、頌、賦、比、興的合稱。

②三倒：《世說新語・賞譽》：『王平子邁世有儁才，少所推服，每聞衛玠言，輒嘆息絶倒。』用此典代指襄陽公言詞令人賞慕。

③陳子，西漢陳遵，《漢書・陳遵傳》記載其人放曠無拘束；魏公，西漢魏勃，《史記・齊悼惠王世家》記載其少時爲求見齊相曹參，而伺門掃灑。

同張明府清鏡歎

妾有盤龍鏡①，清光常晝發。自從生塵埃，有若霧中月。愁來試取照，坐歎生白髮。寄語邊塞人，如何久離別。

簡注：

①盤龍鏡：銅鏡雕鏤有盤龍花紋。齊梁庾信《鏡賦》云『鏤五色之盤龍，刻千年之古字』。

夏日南亭懷辛大

山光忽西落，池月漸東上。散髮乘夜涼，開軒臥閑敞。荷風送香氣，竹露滴清響。欲取鳴琴彈，恨無知音賞。感此懷故人，中宵勞夢想。

選評：

《王孟詩評》：劉云：起處似陶，清景幽情，灑灑楮墨間。

《批選唐詩》：寫景自然，不損天真。

《唐賢清雅集》：清曠，與右丞《送宇文太守》同調，氣色較華美。

秋宵月下有懷

秋空明月懸，光彩露沾濕。驚鵲棲不定，飛螢卷簾入。庭槐寒影疏，

鄰杵夜聲急。佳期曠何許，望望空佇立。

選評：

《王孟詩評》：劉云：亦自纖麗，與『疏雨滴梧桐』相似。謂其詩枯淡，非也。

《批點唐音》：秋夜之語，更不能勝。

仲夏歸南園寄京邑舊遊

嘗讀《高士傳》，最嘉陶徵君①。日耽田園趣，自謂羲皇人②。余復何爲者，棲棲徒問津。中年廢丘壑，上國旅風塵。忠欲事明主，孝思侍老親。歸來冒炎暑，耕稼不及春。扇枕北窗下，採芝南澗濱。因聲謝朝列，吾慕潁陽真。

簡注：

①嘉，稱美、推重。陶徵君，陶淵明。

②陶淵明《與子儼等疏》云：『嘗言五六月中，北窗下卧，遇涼風暫至，自謂是羲皇上人。』借此自喻閑適、心無俗念。

選評：

《王孟詩評》：其懷淡然自足，故出語不求工，愈淺愈佳。以字句爭奇者，彼安知詩爲何物？

家園卧疾畢太祝曜見尋

伏枕舊遊曠，笙歌勞夢思。平生重交結，迨此令人疑。冰室無暖氣，炎雲空赫曦。隙駒不暫駐，日聽涼蟬悲。壯圖哀未立，班白恨吾衰。夫子自南楚，緬懷嵩汝期。顧予衡茅下，兼致稟物資。脱分趨庭禮，殷勤伐木詩①。脱君車前鞅，設我園中葵。斗酒須寒興，明朝難重持。

簡注：

①趨庭禮，典出《論語》；伐木，《詩經》有《小雅·伐木》，寫宴請親朋故舊的場景。

田家元日

昨夜斗回北，今朝歲起東①。我年已强仕，無禄尚憂農。野老就耕去，荷鋤隨牧童。田家占氣候，共説此年豐。

簡注：

①兩句合指物換星移、時至正月。

晚泊潯陽望香爐峰

掛席①幾千里，名山都未逢。泊舟潯陽郭，始見香爐峰。嘗讀遠公傳，永懷塵外蹤。東林精舍近，日暮空聞鐘。

簡注：

①掛席：揚帆。

選評：

《呂氏童蒙訓》：浩然詩：『掛席幾千里，名山都未逢。泊舟潯陽郭，始見香爐峰。』但詳看此等語，自然高遠。如『松月生夜涼，石泉滿清聽』，亦可以爲高遠者也。

《唐詩廣選》：謝曰：詩有韻有格，格高似梅花，韻高似海棠。欲韻勝者易，欲格高者難，二者孟浩然兼之。

《唐詩援》：只如説話，而當代詞人爲之斂手，良由風神超絶，非復凡塵所有。王曰：前半偶然會心，後半淡然適足，遂成絶唱。

《峴傭説詩》：五律有清空一氣，不可以煉句煉字求者，最爲高格。如襄陽『掛席幾千里』，所謂『羚羊掛角，無跡可求』。

萬山潭

垂釣坐磐石，水清心益閑。魚行潭樹下，猿掛島藤間。遊女昔解佩，傳聞於此山。求之不可得，沿月棹歌還。

選評：

《王孟詩評》：蛻出風露，古始未有。又曰：古意淡韻，終不可以衆作律之，而衆作愈不可及。

《唐詩選脉會通評林》：吴山民云：幽深靜至之語，讀之使喧擾人自失。

《歷代詩發》：襄陽山水間詩，境象興趣，不必追摹謝客，而超詣處往往神契。至于靈襟蕭曠，灑然孤行，方諸俳騈，尤爲挺出矣。

《唐宋詩舉要》：吴曰：後半超妙無匹，筆墨之迹俱化煙雲，浩渺無際。

入峽寄弟

吾昔與汝輩，讀書常閉門。未嘗冒湍險，豈顧垂堂言①。自此歷江湖，辛勤難具論。往來行旅弊，開鑿禹功存。壁立千峰峻，潨流萬壑奔。我來凡幾宿，無夕不聞猿。浦上摇歸戀，舟中失夢魂。淚沾明月峽，心斷鶺鴒原。離闊星難聚，秋深露易繁。因君下南楚，書此寄鄉園。

簡注：

①古諺云『千金之子，坐不垂堂』，極言聽人勸誡、敬慎自愛。

選評：

《王孟詩選》：起處淒婉。『壁立』四句，巴峽峭幽之狀殆盡，然不可下點，又却自佳。

宿楊子津寄潤州長山劉隱士

所思在夢寐，欲往大江深。日夕望京口，煙波愁我心。心馳茅山洞①，目極楓樹林。不見少微隱②，星霜勞夜吟。

簡注：

①茅山洞，道教福地，在今江蘇句容。

②少微隱，一作『少微星』，即處士星，在太微星西，居士大夫位。以此星寄寓求

仕進之心。

選評：

《唐賢三昧集箋注》：有六朝人之口吻。

送丁大鳳進士赴舉呈張九齡

吾觀《鷦鷯賦》①，君負王佐才。惜無金張援②，十上空歸來。棄置鄉園老，翻飛羽翼摧。故人今在位，岐路莫遲迴。

簡注：

①《鷦鷯賦》：晉張華所作，其序中提到有鳥名鷦鷯，色淺體陋，不爲人用，以喻人處卑微，不得志。

②金張援：《漢書》有金日磾、張湯傳，分别爲内侍、外戚。此句言詩人自己没有

權貴的幫助。

送吴悦遊韶陽

五色憐鳳雛，南飛適鷓鴣。楚人不相識，何處求椅梧①。去去日千里，茫茫天一隅。安能與斥鷃，決起但槍榆②。

簡注：

①椅梧：椅樹和梧桐。可製琴瑟，古人視爲珍貴之木。

②此句典出《莊子·逍遥遊》，斥鷃不能高飛，僅數仞而下，無鴻鵠之大志。

送陳七赴西軍

吾觀非常者，碌碌在目前。君負鴻鵠志，蹉跎書劍年。一聞邊烽動，

萬里忽爭先。余亦赴京國，何當獻凱還。

田園作

弊廬隔塵喧，惟先尚恬素。卜鄰近三徑，植果盈千樹。粵余任推遷，三十猶未遇。書劍時將晚，丘園日空暮。晨興自多懷，晝坐常寡悟。沖天羨鴻鵠，爭食羞雞鶩。望斷金馬門，勞歌採樵路。鄉曲無知己，朝端乏親故。誰能爲楊雄，一薦《甘泉賦》？

從張丞相遊紀南城獵戲贈裴迪張參軍

從禽非吾樂，不好雲夢田。歲晏臨城望，只令鄉思懸。參卿有數子，聯騎何翩翩。世祿金張貴，官曹幕府連。歲時行殺氣，飛刃爭割鮮。十里

屆賓館，徵聲匝妓筵。高標迴落日，平楚壓芳煙。何意狂歌客①，從公亦在旃②。

簡注：

①狂歌客：《論語·微子》言『楚狂接輿而過孔子』，楚昭王時政令無常，接輿披髮佯狂不仕。

②典出《詩經·秦風·駟鐵》：公之媚子，從公于狩。言君王親賢，上下和合。以此擬與張丞相的交游。旃，焉。

登望楚山最高頂

山水觀形勝，襄陽美會稽。最高惟望楚，曾未一攀躋。石壁疑削成，眾山比全低。晴明試登陟，目極無端倪。雲夢掌中小，武陵花處迷。暝還

歸騎下，蘿月在深溪。

採樵作

採樵入深山，山深水重疊。橋崩卧查擁①，路險垂藤接。日落伴將稀，山風拂薜衣②。長歌負輕策，平野望煙歸。

簡注：

①橋崩卧查擁：查同『楂』，水中浮木。擁，群聚。

②薜衣：《楚辭·九歌·山鬼》有句『若有人兮山之阿，披薜荔兮帶女蘿』。後人遂以薜衣代指隱士衣服。

選評：

《王孟詩評》：孟諸詩皆極洗煉而不枯瘁，又在蘇州前。

《唐詩選脉會通評林》：吴山民云：幽深靜至之語，讀之使喧擾人自失。

《唐詩別裁》：『橋崩』十字，寫出奇險之狀。

早梅

園中有早梅，年例犯寒開。少婦爭攀折，將歸插鏡臺。猶言看不足，更欲剪刀裁。

澗南園即事貽皎上人

弊廬在郭外，素業唯田園。左右林野曠，不聞城市喧。釣竿垂北澗，樵唱入南軒。書取幽棲①事，還尋靜者論。

簡注：

①幽樓：隱居。山居爲樓。

白雲先生迥見尋

歸閑日無事，雲卧晝不起。有客款柴扉，自云巢居子。居閑好芝术，採藥來城市。家在鹿門山，常遊澗澤水。手持白羽扇，腳步青芒履。聞道鶴書①徵，臨流還洗耳。

簡注：

①鶴書：徵召文書。漢代徵召文書尺一簡，形狀類似鶴頭，故名。

與黃侍御北津泛舟

津無蛟龍患，日夕常安流。本欲避驄馬，何知同鷁舟。豈伊今日幸，曾是昔年遊。莫奏琴中鶴，且隨波上鷗。堤緣九里郭，山面百城樓。自顧躬耕者，才非管樂儔②。聞君薦草澤，從此泛滄洲。

簡注：

①琴中鶴：《韓非子·十過》有師曠鼓琴、鳴鶴來集的典故，極言其聲清澈動人。一説古琴曲有十二操，第九曰别鶴操。

②躬耕者：諸葛亮曾躬耕南陽，以春秋時賢相管仲自比。管樂，即管仲、樂毅，戰國時名將。此句乃自謙之語。

題長安主人壁

久廢南山田，謬陪東閣賢①。欲隨平子去，猶未獻《甘泉》。枕席琴書滿，褰帷遠岫連。我來如昨日，庭樹忽鳴蟬。促織驚寒女，秋風感長年。

授衣當九月，無褐竟誰憐。

簡注：

①東閣賢：漢代公孫弘曾築閣以邀集賢人，此處代指在朝友人。

庭橘

明發覽群物，萬木何陰森。凝霜漸漸水，庭橘似縣①金。女伴爭攀摘，摘窺礙葉深。並生憐共蒂，相示感同心。骨刺紅羅被，香粘翠羽簪。擎來玉盤裏，全勝在幽林。

簡注：

①縣：同「懸」，懸掛。

七言古詩

夜歸鹿門歌

山寺鳴鐘晝已昏，漁梁渡頭爭渡喧。人隨沙岸向江村，余亦乘舟歸鹿門。鹿門月照開煙樹，忽到龐公棲隱處。巖扉松徑長寂寥，惟有幽人自來去。

選評：

《批點唐詩正聲》：浩然作《鹿門歌》，其本象清徹閑淡備至。

《彙編唐詩十集》：唐云：淺淺説去，自然不同，此老胸中有泉石。

《唐詩選脉會通評林》：周珽曰：清徹，真澄水明霞。　陳繼儒曰：明月在天，

清風徐引，一種高氣，凌虛欲下。知此可讀孟詩。

《唐詩箋要》：韻事佳題，詞不煩而意有餘，更妙在『龐公』不多鋪張。

和盧明府送鄭十三還京兼寄之什

昔時風景登臨地，今日衣冠送別筵。閑卧自傾彭澤酒，思歸長望白雲天。洞庭一葉驚秋早，濩落空嗟滯江島。寄語朝廷當世人，何時重見長安道？

送王七尉松滋得陽臺雲

君不見巫山神女作行雲，霏紅沓翠曉氛氲。嬋娟流入襄王夢，倏忽還隨零雨分。空中飛去復飛來，朝朝暮暮下陽臺。愁君此去爲仙尉，便逐行雲去不迴。

鸚鵡洲送王九遊江左

昔登江上黃鶴樓，遥愛江中鸚鵡洲。洲勢逶迤繞碧流，鴛鴦鸂鶒①滿沙頭。沙頭日落沙磧長，金沙耀耀動飇光。舟人牽錦纜，浣女結羅裳。月明全見蘆花白，風起遥聞杜若香。君行采采莫相忘。

簡注：

①鸂鶒：音溪翅，一種水鳥，也叫紫鴛鴦。

選評：

《載酒園詩話又編》：孟襄陽寫景、敘事、述情，無一不妙，令讀者躁心欲平。但瑰奇磊落，實所不足，故不甚作七言，專精五字。如《鸚鵡洲送王九之江左》曰：『月

明全見蘆花白，風起遥聞杜若香，君行采采莫相忘』，全似《浣溪沙》風調也。

高陽池送朱二

當昔襄陽雄盛時，山公①常醉習家池。池邊釣女自相隨，妝成照影競來窺。澄波淡淡芙蓉發，緑岸毵毵楊柳垂。一朝物變人亦非，四面荒涼人住稀。意氣豪華何處在，空餘草露濕羅衣。此地朝來餞行者，翻向此中牧征馬。征馬分飛日漸斜，見此空爲人所嗟。殷勤爲訪桃源路，予亦歸來松子家②。

簡注：

①山公：《晋書·山簡傳》記載山簡字季倫，性温雅，曾假節鎮襄陽，每出嬉遊于諸習氏池上，名之曰高陽池。

②松子：即道教仙人赤松子，傳説神農時爲雨師。

選評：

《王孟詩評》：起語興自清發，中段流媚，末復淒婉。

《唐詩選脉會通評林》：周敬曰：風裁秀朗。

五言排律

西山尋辛諤

漾舟乘水便，因訪故人居。落日清川裏，誰言獨羨魚。石潭窺洞徹，沙岸歷紆餘。竹嶼見垂釣，茅齋聞讀書。款言忘景夕，清興屬涼初。回也一瓢飲①，賢哉常晏如。

簡注：

①《論語》載：子曰：一簞食，一瓢飲，在陋巷，人不堪其憂，回也不改其樂。賢哉回也！讚譽孔子弟子顏回的賢德以自比。

選評：

《增訂評注唐詩正聲》：郭云：清曠脱俗，非常見聞。

《古唐詩合解》：前解不用對偶，後解落句俊逸，調新而格弱矣。初見唐排律有間，然寫作自佳。

冬至後過吴張二子檀溪別業

卜築依自然，檀溪不更穿。園林二友接，水竹數家連。直取南山對，非關選地偏。卜鄰依孟母，共井讓王宣①。曾是歌三樂②，仍聞詠五篇③。草堂時偃曝，蘭枻日周旋。外事情都遠，中流性所便。閑垂太公釣，興發子猷船④。余亦幽棲者，經過竊慕焉。梅花殘臘月，柳色半春天。鳥泊隨陽雁，魚藏縮項鯿⑤。停杯問山簡，何似習池邊。

簡注：

①王宣：東漢文學家王粲，字仲宣，『建安七子』之一，此處以王代吴、張二子。

②三樂：《列子·天瑞》載孔子之言『吾樂甚多，天生萬物，唯人爲貴。而吾得爲人，是一樂也。男女之别，男尊女卑，故以男爲貴，吾既得爲男矣，是二樂也。人生有不見日月，不免襁褓者，吾既已行年九十矣，是三樂也。』

③五篇：東漢班固《東都賦》有《明堂》《辟雍》《靈臺》《寶鼎》《白雉》五篇。此處代指好文章。

④子猷船：典出《世説新語·任誕》，傳説晋代王子猷雪夜乘興前去拜訪友人，興落而歸。

⑤縮項編：即前文《峴潭作》中提到的查頭編，是襄陽的一種特產魚。

陪張丞相自松滋江東泊渚宫

放溜下松滋，登舟命楫師。寧忘經濟[1]日，不憚沍寒[2]時。洗幘豈獨古，濯纓良在兹[3]。政成人自理，機息鳥無疑。雲物吟孤嶼，江山辯四維[4]。晚來風稍緊，冬至日行遲。獵響驚雲夢，漁歌激楚辭。渚宫何處是，川暝欲安之。

簡注：

①經濟：經邦濟世。

②沍寒：沍音互，天寒結冰貌。

③幘，包頭巾。濯纓，典出《楚辭·漁父》『滄浪之水清兮，可以濯吾纓』。均比喻情操高潔。

④四維：東南西北四方之角曰四維。

陪盧明府泛舟迴峴山作

百里行春返，清流逸興多。鷁舟隨雁泊，江火共星羅。已救田家旱，仍憂俗化訛。文章推後輩，風雅激頹波。高岸迷陵谷，新聲滿棹歌。猶憐不調者①，白首未登科。

簡注：

①不調者：與世相和謂之調，此以自比。

陪張丞相祠紫蓋山途經玉泉寺

望秩宣王命，齋心待漏行。青襟列胄子，從事有參卿。五馬①尋歸路，

雙林指化城②。聞鐘度門近，照膽玉泉清。皁蓋③依林憩，緇徒擁錫迎。天宮近兜率，沙界豁迷明④。欲就終焉志，恭聞智者名。人隨逝水歎，波逐覆舟傾。想像若在眼，周流空復情。謝公還欲卧，誰與濟蒼生？

簡注：

①五馬：《漢官儀》載『太守出則乘五馬』，此處代指太守。

②雙林，也叫雙樹，佛教謂僧人寂滅之處。化城，佛家指一時幻化的城郭，後世代稱佛寺。

③皁蓋：黑色的車蓋。

④兜率，佛教用語，欲界六天中的第四天；沙界，佛家所謂恒河沙數三千大千世界。

臘月八日於剡縣石城寺禮拜

石壁開金像，香山繞鐵圍。下生彌勒見，回向一心歸。竹柏禪庭古，樓臺世界稀。夕嵐增氣色，餘照發光輝。講席邀談柄，泉堂施浴衣。願承功德水，從此濯塵機。

同獨孤使君東齋作

郎官舊華省，天子命分憂。襄土歲頻旱，隨車雨再流。雲陰自南楚，河潤及東周。廨宇宜新霽，田家賀有秋。竹間殘照入，池上夕陽浮。寄謝東陽守，何如八詠樓①。

簡注：

①南齊沈約曾爲東陽郡太守，頗有政績，曾在元敞樓作《八詠詩》，後人因改此樓名爲八詠樓。

峴山送朱大去非遊巴東

峴山南郭外，送別每登臨。沙岸江村近，松門山寺深。一言余有贈，三峽爾相尋。祖席宜城酒，征途雲夢林。蹉跎遊子意，眷戀故人心。去矣勿淹滯，巴東猿夜吟。

宴張記室宅

甲第金張館，門庭軒騎多。家封漢陽郡，文會①楚材過。曲島浮觴酌，前山入詠歌。妓堂花映發，書閣柳逶迤。玉指調箏柱，金泥飾舞羅。誰知

書劍者，年歲獨蹉跎。

簡注：

①文會：《論語》有言『君子以文會友』，後世因稱文酒之會爲文會。

登龍興寺閣

閣道乘空出，披軒遠目開。逶迤見江勢，客至屢緣迴。茲郡何填委，遥山復幾哉。蒼蒼皆草木，處處盡樓臺。驟雨一陽散，行舟四海來。鳥歸餘興滿，周覽更徘徊。

登總持寺浮屠

半空躋寶塔，晴望盡京華。竹繞渭川遍，山連上苑斜。四門開帝宅，千陌俯人家。累劫從初地，爲童憶聚沙。一窺功德見，彌益道心加。坐覺諸天近，空香送落花。

與崔二十一遊鏡湖寄包賀二公

試覽鏡湖物，中流見底清。不知鱸魚味，但識鷗鳥情。帆得樵風送，春逢穀雨晴。將探夏禹穴，稍背越王城。府椽有包子，文章推賀生。滄浪醉後唱，因子寄同聲。

選評：

《聞鶴軒初盛唐近體讀本》：三、四用拗筆，翻得老厲，偶一作耳，非可藉口。五、六對更出意。

本闍黎①新亭作

八解禪林秀，三明②給苑才。地偏香界遠，心靜水亭開。傍險山查立，尋幽石徑迴。瑞花長自下，靈藥豈須栽。碧網交紅樹，清泉盡緑苔。戲魚聞法聚，閑鳥誦經來。棄象玄應悟，忘言理必該。靜中何所得，吟詠也徒哉。

簡注：

①梵語『阿闍黎』的簡稱。原意爲教授子弟，使之行爲符合規範。這裡指高德大僧。

②三明：佛教用語，謂天眼、宿命、漏盡爲三明。

長安早春

關戍惟東井，城池起北辰①。咸歌太平日，共樂建寅春。雪盡青山樹，冰開黑水濱。草迎金埒馬，花伴玉樓人。鴻漸②看無數，鶯歌聽欲頻。何當桂枝擢，歸及柳條新。

簡注：

①東井：星宿名，即井宿，爲二十八宿之一；北辰，亦爲星名，即北極星。

②鴻漸：典出《易·漸》『鴻漸於干』，後世多比喻仕進。

秦中苦雨思歸贈袁左丞賀侍郎

爲學三十載，閉門江漢陰。明敭逢聖代，羈旅屬秋霖。豈直昏墊苦，

亦爲權勢沉。二毛①催白髮，百鎰罄黃金。淚憶峴山墮，愁懷湘水深。謝公積憤懣，莊舄空謠吟②。躍馬非吾事，狎鷗真我心。寄言當路者，去矣北山岑。

簡注：

①二毛：指頭上出現白髮。

②謝公，當指謝靈運；莊舄，戰國越人，病中思越而吟越聲。

陪張丞相登荊州城樓因寄蘇州張使君及浪泊戍主劉家

薊門天北畔，銅柱日南端。出守聲彌遠，投荒法未寬。側身聊倚望，攜手莫同懽。白璧無瑕玷，青松有歲寒。府中丞相閣，江上使君灘①。興盡迴舟去，方知行路難。

簡注：

①丞相閣，漢丞相公孫弘曾開閣延賢賓客；使君灘，《水經注》載張騫出使西域，經此而船沉没，故名。

荊門上張丞相

共理分荊國，招賢愧楚材。《召南》風更闡，丞相閣還開。覲止欣眉睫，沉淪拔草萊。坐登徐孺榻，頻接李膺杯①。始慰蟬鳴柳，俄看雪間梅。四時年籥盡，千里客程催。日下瞻歸翼，沙邊厭曝鰓②。佇聞宣室召，星象復中台③。

簡注：

①徐孺榻：後漢徐穉，字孺子，恭儉賢德，屢召不起。時陳蕃爲太守，不接賓客，

唯穉來時，特設一榻以待。李膺杯：後漢李膺字元禮，性簡亢，無所交接，唯以同郡人荀淑、陳寔爲友。

②曝鰓：《後漢書·郡國志五》注引《交州記》「有堤防龍門，水深百尋，大魚登此門化爲龍，不得過，曝鰓點額，血流此水，恒如丹池。」比喻處境極其困頓，抱負不得施展。

③中台：「三台六星」中一星名，「爲司中，主宗室」，此處代指張九齡再度執政。

和宋大使北樓新亭

返耕意未遂，日夕登城隅。誰謂山林近，坐爲符竹①拘。麗譙②非改作，軒檻是新圖。遠水自嶓冢，長雲吞具區。願隨江燕賀，羞逐府寮趨。欲識狂歌者，丘園一豎儒。

簡注：

①符竹：漢代朝廷傳令給郡守所用的竹簡，後代指郡守或刺史。

②麗譙：美麗的高樓。

夜泊宣城界

西塞沿江島，南陵問驛樓。潮平津濟闊，風止客帆收。去去懷前浦，茫茫泛夕流。石逢羅刹礙，山泊敬亭幽。火熾梅根冶①，煙迷楊葉洲。離家復水宿，相伴賴沙鷗。

簡注：

①梅根冶：也稱梅根監，即今安徽梅埂。六朝後，常于此鑄錢。

奉先張明府休沐還鄉海亭宴集 探得堦字

自君理畿甸，余亦經江淮。萬里音信斷，數年雲雨乖。歸來休澣①日，始得賞心諧。朱紱②恩雖重，滄洲趣每懷。樹底新舞閣，山對舊書齋。何以發秋興，陰蟲鳴夜堦。

簡注：

①休澣：即休沐。古代的休假制度，官員每五天一休息、沐浴。

②朱紱：連結佩玉或印章的絲帶，代指做官。

同張明府碧溪贈答

別業聞新製，同聲和者多。還看碧溪答，不羨綠珠歌。自有陽臺女，朝朝拾翠過。舞庭鋪錦繡，妝牖閉藤蘿。秩滿休閑日，春餘景色和。仙鳧能作伴，羅襪共淩波。別島尋花藥，迴潭折芰荷。更憐斜日照，紅粉豔青娥。

贈蕭少府

上德如流水，安仁道若山。聞君秉高節，而得奉清顏。鴻漸昇台羽，牛刀列下班。處腴能不潤，居劇體常閑。去詐人無諂，除邪吏息奸。欲知清與潔，明月在澄灣。

同王九題就師山房

晚憩支公室，故人逢右軍。軒窗避炎暑，翰墨動新文。竹閉窗裏日，

雨隨階下雲。同遊清陰遍，吟卧夕陽曛。江靜棹歌歇，溪深樵語聞。歸途未忍去，攜手戀清芬。

上張吏部

公門世緒昌，才子冠裴王①。自出平津邸，還爲吏部郎。神仙②餘氣色，列宿動輝光。夜直南宫靜，朝趨北禁長。時人窺水鏡，明主賜衣裳。翰苑飛鸚鵡，天池待鳳凰。

簡注：

①裴王：指晋代裴楷和王戎。《世説新語·賞譽》載二人故事，少年時即被發現裴楷清通、王戎簡要，皆有俊才。

②神仙，與以下『南宫』『北禁』，皆代指尚書省。

和于判官登萬山亭因贈洪府都督韓公

韓公美襄土，日賞城西岑。結構意不淺，岩潭趣轉深。皇華一動詠，荆國幾謳吟。舊徑蘭勿翦，新堤柳欲陰。砌傍餘怪石，沙上有閑禽。自牧豫章郡，空瞻楓樹林。因聲寄流水，善聽在知音。耆舊眇不接，崔徐無處尋。物情多貴遠，賢俊豈無今。遲爾長江暮，澄清一片心。

下灨石

灨石三百里，沿洄千嶂間。沸聲常浩浩，洊勢亦潺潺。跳沫魚龍沸，垂藤猿狖攀。榜人苦奔峭，而我忘險艱。放溜①情彌遠，登艫目自閑。暝帆何處泊，遙指落星灣。

簡注：

①放溜：使船順水自行。

選評：

《漁陽詩話》：落星在南康府，去贛亦千餘里，順流乘風，即非一日可達。古人詩，只取興會超妙，不似後人章句，但作記里鼓也。

《蠖齋詩話·詩用而字》：『結廬在人境，而無車馬喧』，陶公偶然入妙；次之『孰是都不營，而以求自安』，便下一格。劉繪『別離不可再，而我更重之』，孟浩然『榜人苦奔峭，而我忘險艱』，二語差不覺。

行出東山望漢川

異縣非吾土，連山盡綠篁。平田出郭少，盤壟入雲長。萬壑歸於海，

千峰劃彼蒼。猿聲亂楚峽，人語帶巴鄉。石上攢椒樹，藤間養蜜房。雪餘春未暖，嵐解晝初陽。征馬疲登頓，歸帆愛渺茫。坐欣沿溜下，信宿①見維桑②。

簡注：

①信宿：住宿兩夜。一宿爲舍，再宿爲信。

②維桑：家鄉。《詩經·小雅》云：『維桑與梓，必恭敬止。』朱熹集傳稱：『桑梓二木，古者五畝之家樹之墻下，以遺子孫，給蠶食，具器用者也。』、

久滯越中贈謝南池會稽賀少府

陳平無產業，尼父倦東西①。負郭昔云翳，問津今已迷。未能忘魏闕，空此滯秦稽。兩見夏雲起，再聞春鳥啼。懷仙梅福市，訪舊若耶溪。聖主

賢爲寶，卿何隱遁棲。

簡注：

①陳平，西漢開國功臣，幼年家貧；尼父，即孔子，曾周遊列國。

送韓使君除洪府都督

述職撫荊衡，分符襲寵榮。往來看擁傳，前後賴專城。勿翦棠猶在①，波澄水更清。重推江漢理，旋改豫章行。召父多遺愛，羊公有令名②。衣冠列祖道，耆舊擁前旌。峴首晨風送，江陵夜火迎。無才慚孺子，千里愧同聲。

簡注：

①典出《詩經·召南·甘棠》『蔽芾甘棠，勿翦勿伐，召伯所茇』，後人用以比喻去

官之後留有政德。

②召父乃漢代召信臣，羊公即晉代羊祜，爲官皆爲民稱頌。

盧明府九日峴山宴袁使君張郎中崔員外

宇宙誰開闢，江山此鬱盤。登臨今古用，風俗歲時觀。地理荊州分，天涯楚塞寬。百城今刺史，華省舊郎官。共美重陽節，俱懷落帽歡①。酒邀彭澤載，琴輟武城彈②。獻壽先浮菊，尋幽或藉蘭。煙虹鋪藻翰，松竹掛衣冠。叔子神如在，山公興未闌。嘗聞騎馬醉，還向習池看。

簡注：

①落帽歡：典出《晉書·孟嘉傳》，孟嘉參加重九登高雅集，風吹帽落而不覺。

②武城彈：《論語·陽貨》：『子之武城，聞絃歌之聲』。謂以禮樂治民。

宴崔明府宅夜觀妓

畫堂觀妙妓，長夜正留賓。燭吐蓮花豔，妝成桃李春。髻鬟低舞席，衫袖掩歌唇。汗濕偏宜粉，羅輕詎著身。調移箏柱促，歡會酒杯頻。儻使曹王見，應嫌洛浦神①。

簡注：

①曹植有《洛神賦》，極寫洛水神女宓妃之美，此處比喻歌姬舞態之美。

韓大使東齋會岳上人諸學士

郡守虛陳榻，林間召楚材。山川祈雨畢，雲物喜晴開。抗禮尊縫掖①，臨流揖渡杯②。徒攀朱仲李，誰薦和羹梅。翰墨緣情製，高深以意裁。滄洲趣不遠，何必問蓬萊。

簡注：

①縫掖：指儒者所穿衣服。

②渡杯：《法苑珠林》載西晋懷度故事，傳説其曾乘一小杯過河，因號渡杯。此處代指岳上人。

初年樂城館中卧疾懷歸

異縣天隅僻，孤帆海畔過。往來鄉信斷，留滯客情多。臘月聞雷震，東風感歲和。蟄蟲驚户穴，巢鵲眄庭柯。徒對芳樽酒，其如伏枕何。歸來理舟楫，江海正無波。

上巳日澗南園期王山人陳七諸公不至

搖艇候明發，花源弄晚春。在山懷綺季，臨漢憶荀陳①。上巳期三月，浮杯興十旬。坐歌空有待，行樂恨無鄰。日晚蘭亭北，煙花曲水濱。浴蠶逢姹女②，採艾值幽人。石壁堪題序，沙場好解神。群公望不至，虛擲此芳辰。

簡注：

①綺季，指綺里季，秦末隱于商山，爲『商山四皓』之一；荀陳，《後漢書》所載荀淑、陳實，以及《世説新語·品藻》所載五荀五陳，皆爲東漢名士。

②浴蠶，一種養蠶方法；姹女，少女。

送莫氏甥兼諸昆弟從韓司馬入西軍

念爾習詩禮，未嘗離户庭。平生早偏露，萬里更飄零。坐棄三冬業①，行觀八陣形。飾裝辭故里，謀策赴邊庭。壯志吞鴻鵠，遥心伴鶺鴒。所從文與武，不戰自應寧。

簡注：

①三冬業：指詩禮等學業。三冬，即三年，猶三春、三秋。

峴山送蕭員外之荆州

峴山江岸曲，郢水郭門前。自古登臨處，非今獨黯然。亭樓明落照，井邑秀通川。澗竹生幽興，林風入管弦。再飛鵬激水，一舉鶴沖天。佇立

三荆①使，看君駟馬②旋。

簡注：

①三荆：即三楚。古以江陵爲南楚，吴爲東楚，彭城爲西楚。

②駟馬：古時顯貴乘四馬之車，此代指功成名就。

送王昌齡之嶺南

洞庭去遠近，楓葉早驚秋。峴首羊公愛，長沙賈誼愁。土毛無縞紵，鄉味有查頭。已抱沉痼疾①，更貽魑魅②憂。數年同筆硯，兹夕異衾裯③。意氣今何在，相思望斗牛。

簡注：

①沉痼疾：積久難愈之疾病。痼，久也。

②魑魅：《文選》李善注：『魑，山神；魅，怪物。』謂山林異氣所生，爲人害者。此喻人生之坎坷艱難。

③異衾裯：裯，音愁。衾裯，衣服和被子。共衾裯指交好，反之指别離。